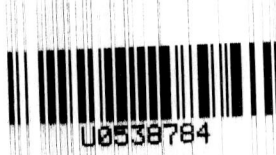

莫非

日良詩選

第一集

日良——著

獻給我賢慧的太太福美
和我們的兩個孩子：季唐，盈秋。

自序

詩不能速讀，要慢慢的品嚐，因為詩是一種意境，充滿想像的空間，讀快了可惜，也會錯過很多東西，我希望這本詩集雖薄但耐讀。讀完一首，合起書來，回味一下，再往下讀，就像喝茶。這個詩集裡有103次品茶的機會。

我從初中就寫日記，幾天一記，大概天生懶惰，每次只寫一兩行，而不是記流水帳。這個習慣逐漸演變，後來就成為用幾個字寫幾天來的感觸。到了上大學接觸新詩，才發現我的日記好像已有了新詩的雛型，有一拍即合的感覺。以後寫日記就換了形式，把腦子裡的念頭刻意定個主題，加以延伸，給予順序，詩的樣子就出來了。很長一段時間我都不敢向人說我寫詩，沒有自信，寫了只是存起來。詩的下方則記錄前後幾天來發生的大事，算是取代了過去的日記。幾十年下來也累積了近一千首，這是第一集。

我不喜歡寫長詩，一是沒有耐性，也沒有那個腦力和熱情。詩需要想像，轉一下彎，換個邏輯，更重要的是要有一個連貫的主題。我不善於連續使用一個格式，所以我的詩總是快快的閃出，中間穿插一個簡單鮮明的意念和一個淡淡的意外，之後戛然而止。你說是小品也好，輕量級也好，只盼能給讀者另一個想像的空間。

詩中有畫，畫中也有詩，全視如何體會。不記得什麼時候我開始看圖作詩，從圖中的境界和連想，一首詩就油然而生。這一集多半是由照片生成的詩。照片大多是我的近作，也有一部分是妹妹惠卿和外甥陳政鴻的佳作，其餘則網上選購。希望詩和圖的結合能給讀者多一層的體驗。

目次

1.

這個屋

有這個奇特的屋，編造故事還難嗎？

心愛的女兒的玩具屋，
可以容納嬰兒，童年，
還有少女，青春，未來，
緊關起來醞釀，魔力這樣昇華，
嘻嘻。

哀嚎只是開始，嘶叫接著，
溫火慢燉，直到成為美妙的邪吟，
這就是傳承了，
嘿嘿。

太陽轉位，
等到觸峰接頂，陰交陽合，
公德就要圓滿，不可有人犯忌。

來的是什麼東西？一個東方的糟老頭？
居然對我照什麼來！
啊呀！不好！

一股灰煙上昇，
呼呼齁齁，邪氣散發，
陽光從屋的正面，第一次溫和的照射。

攝影：江明良

2.

街上

刺青我不反對，
戴上口罩，
算是我意見的表達。

今早的任務特別多，
非要全武裝，
但找不到迷彩的外套，換個牛仔衣也行，
彩色殼殼鞋當皮靴。

大包兩包，
小包一兩個，
成了，回程，
走破亂的街，
我可不破也不亂，
管他匹配相當。

鬧區我鬥士，
掃街我勇者，
蒙面的路客，
別賣我刺青。

攝影：江明良

3.

自在

兩滴在上兩滴在下，
還有看不到的一小滴，
就敢於不同，
橫生而出。

一樣的綠，
一個簡單的平，
襯出所有的立，
等到晒滿了太陽，
大伙還在搶奪，
傳遞信息，
由左而右而去。

一隻小鳥，
足夠叫響四周，
一聲叫，
仍然維持原來的靜。

風一吹來，
全然覆蓋了，
一個微小的，
自在自愉。

攝影：陳政鴻

4.

看這個

你能呼，我能喚，
各有神通，
時隔，不離空，
我們道上相遇，
一室同在。

妳赤裸的心思，望向遙遠的愛，
經年累月，
就成了陳列。

我找我的朋友，
她的著急，
我聽我知，
無線傳音。

妳踮起腳尖，
永遠的盼，
我說，
看這個。

攝影：江明良

5.

走向

輕鬆自在的漫步，
阿狗後隨，
清晨在面前，
在臉上亮光。

我強調要慢慢的走，
因為這時光難得，
一下用完，
下次何處尋來？

一聲奇特的鳥叫，
阿狗先停下來，
我們兩人一齊等待，
那不再來的第二聲。

我拉了一下繩子，
牠就立即上路，
很知道我要去哪裡，
也很知道牠的路。

攝影：江明良

6.

好運

當你運氣好的時候，
眾雲聚會，
一路排開，
把整個西天佔滿，
和大海沙灘構築一個黃昏。

當你運氣更好的時候，
太陽從狹縫出現，
不是一個，
而是上下成雙，
它對自己扮鬼臉。

幾個人走過去碰撞運氣，
縮成螞蟻也不自覺，
隨著夜幕降臨，
地平線拉長，
他們漸漸無有。

我喝一口參了夕照的水，
舉杯向西，
告別好運，
鏡頭收回，
晚安。

攝影：江明良

7.

莫非

被我捕捉到了，
那些顯而不明的纏繞，
幻境獨有。

試著跟縱尋覓，
到頭來是一場捉弄，
繞啊繞著一棵樹，
起伏顛簸。

樹明明指著我的家，
怎樣也走不進去，
沒有熟悉的小土路，
沒有天真的小腳印，
這樣的混沌雜亂，
莫非真的是夢？

攝影：江明良

8.

就像

有否到過一個小港，
鮮花點綴，
風和日麗？

坐在長椅上，
看海鷗逍遙起落，
船進船出，
寵狗追逐，
小嬰孩熟睡在推車，
我忘記自己在哪裡，
也記不起地方的名字，
只記得一叢鮮花，
把一切美化到完美。

它在地圖上消失，
在腦海裡永存，
就像……

攝影：江明良

9.

無動於衷

湖無動於衷，
不管是什麼風；
只有雲聰明，
從遠處悄悄走過，
在湖面滑畫了一片白影；
藍不是它的本色，
深才是，
其他的色素都是累加；
一棵枯乾的樹挺立，
堅持它目擊者的身份，
但充其量也是個配景；
地開了一個大洞，
便利藍天與它交流；
但不要告訴我這些，
在我還沒有目睹之前。

攝影：江明良

10.

堅持

一坐幾小時，
我就是一個故事，
商店為背景，
行人作插曲。

很好的故事，
但沒有內容，
連我自己也不知道，
什麼是什麼。

一天很長，
明天更長，
每一天都不一樣，
但都是同樣。

看懂了，
你滿意的離去，
多了一份收藏，
故事我繼續堅持。

NEWSSTAND
RICHARD'S
HAIR
DESIGN
SHOESHINE MANICURE
SAMUEL SCHEUER
BIBBO

攝影：江明良

11.

太平洋海岸

早就預備好了，
從很遠的天邊，
一直飄送過來，
那有聲的信息。

莫問時間長短，
身軀說了一切，
到了就停住了，
因為盡頭在此。

確定海在左邊，
不然問題大了，
面海的陸有我，
我家就在那邊。

一波一波重疊，
倒是沒有障礙，
累積在腦海裡，
卻成情緒一個。

攝影：江明良

12.

霧港

有霧的夜晚，
所有的船都入睡，
平靜了水面，
這就是霧港了。

什麼事都不能發生，
安靜把一切暫停，
我袖手旁觀，
也不知道要做什麼。

照個相吧，我對太太說，
你可不能出聲，她說，
這個沒有聲音，我回答，
你已經太吵了，她結論。

那是什麼？
幾乎聽不到，
桅影在細微抖動，
水中的夢鄉正熟。

攝影：江明良

13.

美好的一天

砂灘多了幾塊石頭，
就成了風景，
海浪沖來，
一個美的氣候就形成。

我吃了一頓森林的綠，
又一大片海的藍，
有點撐不下了，
正餐才到來。

擁有太多也抱怨，
你第一次聽到，
怪不得的，
因為腦海一吸收就出不來了。

幸運的人往往不知道，
什麼是幸運，
只是無原由的感覺到，
今天是美好的一天。

攝影：江明良

14.

孔雀椰子

這不是小時國小那棵嗎？
久違了，
孔雀尾巴，
有點陌生，
隔了那麼久，
又那麼遠。

它是長大了，
大到想不到，
專人呵護的後果，
從前只有半人高，
在乾乾的地上沒人管。

和你對看很久，
是個必須，
你是故鄉人，
必有很多故鄉事，
我翹首以待。

最怕就是，
你已養尊處優，
忘了土地，
也忘了枝椏，
給我一個美式的傻笑。

攝影：江明良

15.

困而不鬥

那照相的！
我可沒有模特的身材，
要高挑細緻，
那有那麼容易？

我在抱歉聲中遠離，
但這麼圓滿的襯托，
哪能輕易放棄？
就等千斤一髮的時機。

我終於把她框起來，
成為一幅永遠的圖畫，
遠遠的放在一角，
讓人欣賞仰慕。

標題呢？要有標題啊！
她被包圍在古典中，
卻一味沉迷在現代，
困而不鬥。

攝影：江明良

16.

充填

窺完堂奧的美妙，
我就迫不及待的走出框框，
回到燦爛的陽光，
面對眼前的平淡。

人生如旅，
看過，儲存，自覺滿意，
下一程在計劃中，
津津樂提。

但我不是錄音機，
也不是廣播器，
我是有機，
每天兩萬次呼吸。

前面有樹有人，
且過去瞧瞧，
經驗一個每一天，
結實的把日子充填。

攝影：江明良

17.

驚人的秘密

驚人的秘密，
始終沒有人發現，
今天給我看到了，
就擺在眼前。

當太陽東昇，
仰角23.5度，
市集正在忙碌，
沒有人抬頭。

一個交易默默進行，
熱了高壓塔，
電通了網路，
能量如水灌入。

電線桿笑了，
它已先去過了明天，
確定了今天，
換來一個春風滿面。

攝影：陳政鴻

18.

三博士

他們從東方來，
慢條斯理，
踏著應該是荒漠的草原，
邊走邊尋覓。

他們望著落日，
等待晚空，
盼著一顆明星，
釋放古久以來的奧秘。

反映在他們的臉上，
是晚霞的美，
看到晚天在笑，
他們也不由自主。

心中一樂，
靈感就來了，
趕快摸摸行囊，
一個奇妙就要誕生。

攝影：陳政鴻

19.

又

又來了兩個，
東張希望，
在道上，
他們不自覺。

似有似無的路，
牽著引著，
願不願意，
沒有選擇。

也許她會回過頭，
一個微笑，
一個相遇，
那就是人生。

或者她不理不睬，
世界繼續，
一切如昔，
那也是人生。

下一次見面，
或永不見面，
誰來注意？
往下走已是盡頭。

攝影：江明良

20.

沒有人來

沒有人來，
我就先進去了，
無聲進到了無息，
有進入了無，
一下子全有了。

一個門縫，
卻通向四面八方，
連同角落，
也都清楚了。

我等的不是阿財的搬來，
而是生根發芽，
風吹雨降，
光來了以後的世界。

攝影：江明良

21.

真功夫

真功夫真本事，
能呼風又喚雲，
輪轉天就要飛。

一切歸因於冬去春來，
芽冒出來，
生氣就活現。

動一動筋骨吧，
把去年的酸痛拋開，
鬱悶一口吐出來。

且抓上兩三把雲，
就像街頭藝人，
技巧的飛耍賣弄。

長袖善舞不是我，
真功夫在於，
雲動我不動。

攝影：江明良

22.

識破

它的沉思盤算
一窺外界的企圖，
不知道為何
被我識破了。

它長了耳朵的
複雜的思緒，
無法被禁錮在
簡單的一條線上。

但事實的洪流，
只能沖淡想像，
卸載了理想，
縱使有抱負成囊。

無奈是一種現象，
在夕陽照射下，
散發出來，
成了一片兀自的白。

攝影：江明良

23.

海岸線

這次就不走平常的路了，
我們跟著海，
留著我們的足跡，
畫一條長長的海岸線。

千萬頃的浪，
帶著無數的金波，
覆天蓋地而來；
不管它，
我們走我們的，
讓視角去錯覺吧。

當我們走累了就回頭，
海岸線變雙向，
金波擁來，
一點也不錯覺。

攝影：江明良

24.

一片落葉

一片落葉講述了一個
有頭有尾完整的故事。

一片網上的葉，
被風吹刮蹂躪，
剩下瘦骨殘肢，
那枝離破碎的苦楚，
細細的傳開來悲劇一齣。

昔日美好的記憶，
模了糊了，
歪歪的高聳，
慢速的離去，
再也沒有任何依靠了。

頑固的剩餘的念頭像細鋼絲，
在每個節點打結，
然後千頭萬緒的纏繞，
掙扎無用，
結果都是一致。

攝影：陳政鴻

25.

交通

無言就是我們的交通，
妳思妳的路，
我聞風盤算。

五呎君子協定，
我把尾巴高高的翹著，
像撐著一枝高興的旗，
給妳看。

妳搖擺闊步，
輕鬆暇意，
我牽著妳的不放心繩，
帶妳走這一趟。

攝影：江明良

26.

孤鴉望月

天微亮，
地未醒，
孤鴉望著，
東方一輪殘月。

月的孤，
鳥的獨，
兩下無聲，
正是來去無從。

漸三月，
春料峭，
露沉羽重，
竟是展翼不得。

月固持，
鳥對峙，
沒人低頭，
僵局無法打破。

一混沌，
二虛空，
相對的論，
等有心人來解。

攝影：陳政鴻

27.

一窩蜂

這麼樣的一窩蜂，
是返家的迫不及待，
還是奔前程的興致勃勃？
我站著疑惑，
臺階指著聚焦的遠處。

來得無影無蹤，
去也無聲無響，
但多普勒效應，
尖叫而來悶聲而去，
隆隆在耳。

我坐下，
遠景更遠，
另外一個效應，
拖長了日子，
慢了時間。

我雙手抱胸，
看雲長飛，
它們去永遠的去，
我堅持，
讓終點等著。

攝影：陳政鴻

28.

上了梯

上了梯，
就看到真相了，
但真相非相，
不可告也。

一切都在輪迴中，
太陽的圓不斷暗示，
周而復始，
加上一層黑雲半掩，
奧秘更加隱避。

人生走到這一段，
才晃然大悟，
終點是許多的起點，
直到你的過去
變成別人的將來，
真相才是真相。

攝影：陳政鴻

29.

重蹈覆轍

這個世代，
太陽的空間也狹窄了，
陋巷一條，
將就將就吧。

我生活在兩線道，
單向的，
不能回頭，
一條自用，
一條不留給人，
因為，
我總要擁有什麼。

等到我轉了彎，
消失無蹤，
太陽大約也已昇空，
但已不重要，
讓後來的人，
重蹈覆轍吧。

攝影：陳政鴻

30.

窗花

枯乾的身段，
是自我折磨的下場，
那渴望窗外的心情，
難以隱藏。

每一顆韌芽，
都張開耳朵傾聽，
春天在外面，
外面必定是熱鬧非凡。

空氣凝結，
在盼望強烈的時刻；
提起中氣深呼吸，
才發覺空洞的根。

窗簾像瀏海，
大筆一揮說明了，
靜歸靜，美歸美，
其他就是世界了。

攝影：江明良

31.

近了

面向南，
心中一直嘀咕，
風已暖，
信息已充滿，
拍翼的動靜，
為何還是無聲無響。

圓的口，
隨風出聲，
好圓好吸引人，
過客請進門，
一概免費，
安家最是理想。

藍天藍得滴落，
又無遠弗屆，
依頭聽細語，
一天兩百里，
近了，近了，
不急，不急。

攝影：江明良

32.

雲的時間

時間到了這裡，
就不以分秒計了；
一顆雲飄過的視野，
剛好是冥思的一程。

若是來了一群，
時間就不再是時間，
像鳥佔領了天空，
亂了，時間的別名。

今天它們向東，
每個臉上都映著晨曦，
而且笑容滿面，
時間就不那麼重要了。

明天往哪裡去，
不得而知，
但一點可以確定，
它們去的一定是好地方。

攝影：陳政鴻

33.

有鴉的黃昏

一，二，然後三，
太陽公平，先到先得，
後到的，
只好安靜等候。

好個陽光，
晒紅了地皮，
趁人不注意，
還一步一步往陰裡移。

下午真的就斜了，
還會拉更長，
那隻看不到的烏鴉，
不該來但也來了。

從一數到三，
再從三數到一，
當一切無事，
就是一個黃昏了，
那就叫它有鴉的黃昏吧。

攝影：江明良

34.

早晨

模糊不清的早晨，
溫暖圓滿的日頭出來，
清新的一笑，
美好的一天就開始了。

我年老的一天也這樣就緒，
長年累積的日子，
再加上一個一，
多少忘卻的過去像個謎，
踏在腳下。

挺起彎駝的背和胸膛，
故意不去看剛上昇的太陽，
我和它從過去就有的糾結，
還得繼續，
隔著時空，
等到我確定了自己，
再看看它在哪裡。

攝影：陳政鴻

35.

澆上了水

澆上了水，
一對孿生的記號冒出，
一邊是奧，一邊是妙，
都是無聲的呼喊，
在暗中螢亮。

不東看也不西看，
你知道它在想什麼嗎？
三呎高以後就曉得了，
你看不到的在下面，
可還多得多呢！

看到花了嗎？
聞到香味了沒？
還有太陽的熱，風的柔？
偶而蜂鳥的嗡嗡？
它的樣子其實已道盡了一切。

攝影：江明良

36.

虛擬

虛擬的世界，
可能有你，也可能沒，
如果你是年輕貌美，
高挑時髦的女人，
又喜歡用手機半遮臉，
要小心了，
肯定掉入。

是三個還是四個約會？
不同的對象，
衣櫃翻遍，
忙啊。

唉，不可能的男人，
唯一能辨識的，
只有他們的臉。

怪了，角落有一個鈕，
一按就重新設置；
她繼續快步走出大樓，
手機半遮臉，
進入了真實。

攝影：江惠卿

37.

白

一切全無的有，
就是純白；
海芋把它捲起來，
喇叭的開口等著。

一滴露水滑下，
白在透明中跟隨，
猜猜那要成長出來的，
是什麼樣的思緒？
可聞到碟碟的香氣，
從白如瓷中反射？

世界在忙，
在這邊，
一白，
就靜下來了。

攝影：江明良

38.

呼吸

一隻蟲悄悄的匍匐前進，
進入視野，
然後增長，肥大，纏繞，
啊，念頭就這樣形成。

眼看翅膀都出來了，
還是不飛，
這是個懶蟲。

我輕輕吹一口氣，
它尾巴動了一下，
還真敏感呢。

轉個彎回來，
已煙消雲散，
正在納悶，
一陣風吹來，
知道了，
都是地在呼地在吸。

攝影：江明良

39.

路樹

我的打睏竟給看到了，
三分驚醒，三分迷糊，四分還在沉睡，
葉子落光以後，
身首就不連通了，哈。

樹枝抽動不是風吹，
是夢中追逐，
那松鼠再快，
也躲不過我的多足，
奇怪的念頭入夢，
都在葉落的赤裸以後。

啊，為何無人願意駐足？
難道我坦呈的筋脈骨骼，
竟是可有可無？
也許要到樹倒根除，
才有人驚嘆，
路上有一個缺口？

一站就是幾十年的習慣，
就是聽風，雨，路人，
來去的細語，
但也是幾十年了，
只管聽聲，不操心別人的瑣事。

攝影：江明良

40.

歸

夕陽總是在群山之後，
自在的慢吞吞，
尋日落的人可忙壞了，
因為彼慢此快。

原來這山溝，
直指著太陽的家，
轉個彎就到了，
這個秘密要如何私藏？

今天晚了，
只看到它入眠前的笑顏，
下次再來，
卻不知何年何月？

歸去，好一個念頭，
家，是心所嚮往，
日頭安靜的躺在那裡，
不說話但也清楚不過。

攝影：江明良

41.

思潮

夜色原來是如此的藍，
深染了那片樹林；
屋淡定的矗立，
單一的色彩就籠罩。

成千的觸鬚，
向四方探索，
當空中一無所有，
它們就守著那藍。

燈光加強了夜色的夜，
和即將來的深，
看誰一味想躲避，
將是無以遁形。

屋主也在宣告，
夜不能用來睡覺；
屋外的寧靜，
正對內面的思潮洶湧。

攝影：江明良

42.

陷阱

孤單是我的專屬，
夜是我的歸宿，
這麼晚了，
清醒的還有誰？

為何頂了一片的黑？
為了霧呀，不會看，
這正是單調中的單調，
所有的心情都在其中。

就地畫個圓，
這就是了，
一闖入這領域，
就得了不得翻身的獨思。

攝影：江明良

43.

半夜窗

半夜，孤靜，單窗，
更加深了暗。

破籃，被腳踏車遺棄以後，
依附被遺棄的窗。

半夜是唯一的時刻，
點綴著黑，
孤單加孤單加孤單。

葡萄枝過來看了一下，
也成為一體了，
那不自在的樣子，
溢出。

半夜，無眠，我，
在被遺棄的這邊，
還是那邊？

攝影：江明良

44.

山道上

開的這麼小又遠的縫，
如何交通？
再遠一點，
就是兩個世界了。

成百的樹隔離，
一切就變得更迫切，
而擺在眼前的，
都是樹們獨特的語言。

它們都向陽，
表情都一樣，
因此我知道，
碰到了有教導的一家。

我放棄了數它們，
它們卻惦記著我的步伐，
當霧一來陽光一照，
一切都清楚了也模糊了。

攝影：江明良

45.

鎮坐

不快也不慢，
我的影子投射在300年的白牆，
猛一看，
那是高低起伏的音符呀，
還有點古味，
噓，大道公還在熟睡，
安靜，安靜。

嘉慶的磚和瓦，
只有遠地來的人覺得新鮮，
我一天經過多少次，
已經和它同樣陳舊了，
不同的是，
跨過大興街，
它在，我不在。

幾棵盆栽開著花，
試圖要為古色古香點綴，
但離蒼松古剎，
可還要一陣子，
對這飛檐和彩繪，
時間就是最好的裝飾，
時間的篤定和白，
就像大道公在那裡鎮坐。

攝影：江明良

46.

另一個空間

清晨在微光中醒來，
奧妙就開始了，
學校的一角從窗戶，
悄悄的移動到跑道的這一角。

五千步以後，
慣性就成為不可抗拒的力量，
步伐就逐漸輕盈，
空間的輪廓無法分清。

洪護士努力的晨走，
正要把昨天的藥水味除清，
一腳踏進汗臭的中廊，
健行只好重新來過。

斑鳩的叫聲喚回現實，
腳步大力的踏在硬地板，
太陽這時跳過了屋頂，
市場的吵雜開啟了一天。

攝影：江明良

47.

你的大手

你大又有力的手，
握著對我的期許，
那股力量，
一直臥存在我心裏。

你的期望已結果，
在漫長時間實裡，
只是在不注意中，
它變為一轉瞬。

從前的巨人，
今天仍然是巨大，
你的大手，
在我長大的手中緊握。

你牽著我的手
走向未來，
我牽著你的手
走更遠的路。

48.

霧路

前面的濃霧，
我的拐杖是走不到的，
因為我知道，
人越近霧更遠。

清晨的路燈，
努力的照射無人的路，
還好我來了，
跺跺敲響靜空。

我擁有七盞燈，
一條路，
一排路樹，
但人說我是孤獨。

且走完這段，
然後把清晨交給
後來的人去忙吧，
霧的地方我去也。

49.

無所謂

眨眨眼也看不清的視野，
都是因為雨點的執著，
這樣的天就變成
一個長長的無所謂。

當一整條街都空曠，
它的無理就無以復加了，
直到一款紅衣，
打破了這僵局。

在橫行的世界，
唯一突破的方式，
就要像切蛋糕一樣，
直接穿過。

雨水沖淡了繁榮，
再也沒有任何提議，
一瞬間就被拉長，
成為很久的無所謂。

攝影：江惠卿

50.

困

戴上一頂徐志摩，
我俏俏的離去，
不帶走一片雲彩，
瀟灑不如此容易？

我面目冷酷，
行蹤不可測度，
西邊的風吹來，
東方速然我至。

橫衝直撞而來的方柱，
團團困鎖逃離的心思，
心柱如火柱，
自我的火焚自我的暗私。

攝影：江惠卿

51.

景觀

既然無人對酌，
獨飲也是無妨，
這香醇的美景，
濃度因時而增。

長椅總為多人而留，
無心人仍依然故我，
有心人一下就迷入，
我心中暗暗的算數。

別小看這東南風，
它能醫病也治傷，
誰還有餘暇抱怨，
當你已沉浸外方。

過度曝光之後，
樹已不再是樹，
而是黏稠的影，
夢中某處再見。

白雲成群的湧來，
遠景被拉到跟前，
成為無聲的壓境，
這時你已是酩酊。

攝影：江明良

52.

透明

不是喜歡灰暗的天空，
灰暗總比慘淡更像夜晚。

因此我撐著透明的傘，
讓雨天籠罩我的心情，
或許這透明，
能將我襯托成強說愁？

意象的世界急促的重製，
影像失掉一點真實，
但腳步的肯定，
在暗角得了回響。

我往前看你看不到的，
別急，都反應在我的臉上，
加上一點我
少年無知的表情。

攝影：江惠卿

53.

秘密

別笑我鬍子長了一大把，
那是我的思緒，
一整個夏季的沉思積慮，
今天顯露行跡。

應該從另外一邊看我，
那邊蘊藏更多神奇，
你既然來了，
我就不以為意。

每一年看似一成不渝，
我偷偷的加了幾個枝節，
增加了情趣，
不引人注意。

最無聊那無所事事的攝影師，
年年拍照對比，
然後搔頭抓耳，
說一定是他的相機有問題。

攝影：江明良

54.

千年

千年了，
還是含羞半遮臉，
依舊少女的頭髮，
像什麼似的，
撒了下來，
成為一灘，
無比清透的湖水。

成百的魚無所遁形，
成千的我們更是，
暴露了我們的一切，
還不斷的擠來擠去，
為的是，
讓她來看我們一眼。

攝影：江明良

55.

陷入

說時遲，那時快，
高牆環繞，時空隔離，
中古世紀的音訊，
僅剩那海風。

被公主似的囚禁，
那長腿少女，
簡訊已然失靈，
要逃生，看本能。

徐行復徐行，
解方豈是容易，
時間能被走出來，
空間繫在一念心思。

千萬次的來回，
經了年又累了月，
石磚路已平已滑，
魔咒被軟化，

「來接我！」
海鬧門口迫切的叫，
一看時間，
還是當天下午。

攝影：江明良

56.

沉思

於是，
我靜靜的思考，
這通天的大事。

行人匆忙的走過，
警笛在遠處雷響，
世界正在忙碌，
我的尾巴搖啊搖。

不知昨夜那妞，
是真情還是假意，
正待今晚分曉，
我必須又冷又酷。

這硬冷的鐵蓋，
那裡還比得上，
更適合一下午的
沉思？

攝影：江明良

57.

老屋

故意把門打開，
盼望有一天，
有好奇的過客，
前來探討問津。

老態並不等於破舊，
莫把皺紋當愁容，
駝背不是向時間認輸，
它是我的反抗。

對著陽光我不再微笑，
臨風不再怡神，
我冷眼看著，
世界如何離我兒去。

阿里三天兩頭來訪，
喵，牠不經意的問，
然後石階上泰然躺下，
啊，老舊又安靜的舒釋。

攝影：江明良

58.

思想起

人生啊，
就像這兩條弦。
從有歌啊，
彈到沒有歌。
最後啊，
還要斷去。

思想起，
每天廟前廟後來去。
總是在啊，
虎爺殿裡，
老人相聚。
講古的講過；
檀香燒過；
兒女經重復過；
石板椅冷了又熱。

不稍變的日子啊，
也漸漸舊去。

59.

夢

人潮洶湧，我迷失了方向，
凶言惡語充斥，我努力抬頭，
才呼吸了一口氣。

那藏了幾本猥褻版本的書店，
一走出來就進不去了，
但這裡仍然是逛街的偏愛，
啊，從這裡轉出去，
就是熟悉的飲食夜市了。

塵土中我的吉他，
柔軟了，壞掉了，
先裝在盒子裡，走了再說吧。

勞動階層的住家，院子連著院子，
一家人煮飯，眾人坐下來談著吃著，像一個餐廳，
鄰處一個空蕩的鐵工廠，
顯示著曾經的雄心和盼望。

這一條路，我從前認識的，
奇特的窗簾店，小裝飾店，一家兩家，
下回要記住；
分散的太太和女兒還是找不到，
要看看路名，
就把心中想的放上去了。

攝影：江明良

60.

散步

一片葉子往上飛，
才發現那是一隻小鳥。

雨過了，
樹木都還賴著不願醒來。

濕霧混淆了晨昏，
一個老人居然向我說早安。

知更鳥高聲的叫，
牠也以為是破曉。

水仙花一下子開滿地，
它們居然比我還抬頭挺胸。

一部車子打破了安靜，
好久才縫合這時刻。

哥哥推著妹妹盪鞦韆的那石雕，
房子燒了，
還好他們沒有長大。

攝影：江明良

61.

海灘的事

大自然與我密切擁抱，
隔著厚厚的夾克。

發現大自然的美，
從一枚不顯眼的貝殼。

精緻的故事，
多半是時間和線條的結合。

當我刻意尋找，
更多的美被檢起。

就在腳邊，
儘看我的腳走到哪裡。

一堆美原來擠在桌上，
久久就進入了文字。

62.

櫻花

地上那裡來的一朵白雲？
原來是一棵淺色的櫻花，
往前走，
喜歡雲彩的人家還真不少。

拿出我的獵具，
調模糊背景，
成了，近距離的捕捉，
看不到背後的亂象，
花樣突顯。

花不是單純的白色，
還帶點粉，
最高級的化妝，
微妙中看不出來濃飾，
是最不好招架的女人。

一隻知更鳥驚叫幾聲，
我知道牠在說什麼，
這是牠的天上，
我應該回到我的人間。

63.

葉

在秋天，
所有的樹都爭先恐後，
我的走動，
就相對的是一種安靜。

說話不一定開口，
那五顏六色，
像白天的夜總會，
記得那迷人的眼睛，
引人入勝的微笑？

落葉大把大把的往地上撒，
熱鬧後的失落，
賴在那裡不動了，
厚厚的一層。

我不時的看著它，
逐漸退色，被掩埋，被遺忘，
而我的走動，
仍然是一種安靜。

攝影：江明良

64.

長路

這麼漫長的小路，
能通到那裡？
繼續走吧，
有路就有盡頭。

盡頭在一個圈圈，
和一個感嘆，
還有六月天的下午，
花紅草香人歡笑。

路的盡頭人的開始，
兩人牽手一齊走，
有彎有轉不迷失，
有寬有窄都是長路。

攝影：江明良

65.

黑管樂手

我的音樂，
只能使煙霧更加朦朧，
高音調的悲鳴，
攪動了一室的氣流，
和煙霧一起瀰漫，
人的靜息。

哀傷是慢的，
就像慢慢吐出的音符，
特別加長的休止，
是痛的延續，
吉他不調和的和著，
帶著走下一步。

山溝，煙熏的房，老母，
遠得不實在，
我在繁華的夜，
按下一個一個的鍵，
將實在吹成了動亂的煙。

66.

風和想念

當風帶了一點力度，
它幫你開路，
思想就更清楚，
肯定，
充滿了氣足的胸脯。

一輪迴二輪迴，
風不斷的提醒，
不夠的不夠的，
靠著，
記憶的開門關門。

順便帶我走，時間，
葉知道，我不知道，
奇怪不奇怪，
想念，
不隨年紀衰微。

風的鋒利提醒我說，
思緒的錯綜複雜，
不是小學算數，
而是，
一個腳步跟著一個腳步。

攝影：江明良

67.

穿鑿附會

烏鴉繼續粗糙的叫，
製造了整個夏天，
甚至秋天，
說不定還更長——
大自然的事總是深奧。

兩隻東方藍鳥飛上枝頭，
有點不應景，
在這季節的盡頭，
牠們的留下，
一定有無法了解的理由。

啊！知道了，知道了，
喧嘩的後頭還有什麼能比
一個清涼的空曠更恰當？
這些留下來的，
應當是大智慧了？

總是有人不同意，
嘎嘎的在抗議，
根據可靠的翻譯：
你不要自作聰明穿鑿附會，
管你自家的事不要胡說亂語！

攝影：江明良

68.

變與不變

季節在變，時間變；
一樣的秋天，不變；
在落葉中走過，
好像走過不變，
但又緩緩的變。

風掃來，
落葉翻跟斗的樂趣，
從這頭一直延續到那頭，
路上連行人都被清光，
我的思路也長長的跟去，
到另外一頭；
小時候就是這樣追跑，
也是行人匿跡，
記憶總是這麼長長的不變，
除了人變。

眼前的這一切，
停下來才能體會，
但風總是快了一步，
打斷你的念頭，
抓不住的秋天如泥鰍，
我雙臂交叉，
想抱住當下，
不論是變的還是不變。

攝影：江明良

69.

孤單

一片葉慢慢飄下，
無聲無息的，
靜止在落葉聚集的
孤單。

獨自擁有一條路，
就像孤舟向晚，
越划越接近
孤單的那頭。

時間有時不算，
當你沉思，
你就悄然進入孤單：
一個美好的自己。

鳥聲讓你聽到安靜，
近處的和遠處的，
也讓你知道樹林的
幽居孤獨。

高處也冷清，
抬頭看無伴侶的天，
我雙手插在口袋，
攤手無人看見。

攝影：江明良

70.

地

適當的溫暖，
一隻貓就躺著露肚皮；
緩慢的散步，
硬地就在你腳軟綿。

土地很會沉思，
但少人關注，
當它抒情吐意，
人人卻都知道，
有人叫它生生不息。

我也沉思，
但沉不住氣，
無法像地，
一呼一吸日出日落。

我數算步伐，
手搖腳動，
大地不動聲色，
不回不應，
好久好久以後我才明白，
它的堅持，
恰是我的微弱。

攝影：江明良

71.

尋雷記

黑鴉六七隻此起彼伏的呱叫，牠們是預知的；我也知道雷雨將到，因為那些悶響。不遠處烏雲滾滾，從小，那就是個謎。我加快腳步往前，不曉得為什麼，只知道快步反應我的心情。

膽子多大，就走多遠。

烏雲膨脹，天邊已全被遮蓋，我看到翻雲覆變的真像，和奇形怪狀的全身。雷聲不斷，如裂竹破空，這邊那邊連著，看這氣勢，那不是一隻小的黑獸。殺嘩聲突然而來，是一陣怪異斜風，不是預期的火焰，陰涼強勁，天暗下，地騷動，這是個陰獸。

閃光加大雷，空氣振動一下，牠吐氣了。接著一陣嘩啦，就停了，是前奏也是馬威。抬頭一看，黑雲背後一片灰白，看不到雷獸，但看到牠的家。

可以了，此時不走尚待何時。
小跑步回頭，衝進家門，大雨點及時落下。

「這雨好像追趕著誰來？」太太說，
「是的。」我回答。

攝影：江明良

72.

快來了

當地上開始有了落葉，
就帶來了風的聯想，
風來了，
秋就在後頭，
時間的腳步在跟前。

菊花探出小小的頭來，
心中觸動了一下，
拔一拔雜草，
不是盼秋快來，
而是珍惜眼前此刻。

那些小鳥今天離巢了，
又看到時間的影子，
也看到秋天，
走過去看看牠們的巢，
果實成熟後留下的是？

一陣雷雨交加而過，
又是風奇妙的作為，
現在好了，
雨過天晴新鮮涼快，
我就心安理得的等著。

攝影：江明良

73.

落寞

葉脫離群體的落寞，
顯示在路旁的一片枯黃，
最後在無人注意的時間，
消縱匿跡。

小湖泊落寞的躺著，
歸因於長久沒有雨水，
枯瘦的身子綠痲覆蓋，
不落月了。

消防栓開始就注定，
落寞在人來人往之間，
有誰曾經刻意的關注？
連被遷著的狗也任意妄為。

電視機無神的方眼，
透露著荒漠中的落寞，
等著人家來看，
一等就是十年八載。

攝影：江明良

74.

牽連

老夫妻倆互相牽扶過馬路，
手繼續牽著，
前面還有很長的路要走。

一隻狗拖拉著聞聞又看看，
主人超過了，
牠趕忙跑前去又拖又拉。

日子的平靜有如離世獨居，
慌了朋友們，
沒有手機並不等於不幸。

好久沒有彈琴由於某原因，
吉他心還在，
不但在而且還朝思暮想。

75.

要不是

要不是那一陣風，
就不會有這一陣雨。

風停，
一切就都暫停，
雨就來了。

雨在林子裡，
嘩然無序，
踏雨的人，
腳步聲給這雜亂，
定了韻律，
傘上頂著另一個組曲。

要不是這場雨，
單調不會活現，
活現不會延續，
這一段路，
這一陣雨，
不可能一人獨據。

要不是這場雨，
就不會有煙漫霧瀰……

76.

動靜

一隻鳥頭上飛過，
靜了，
當牠隱形在樹叢裡；
在我刻意的注視中，
靜與靜對峙，
最後放棄的還是我；
但那是一隻特別的鳥，
腦子一直動念，
腳步越走越慢就停了；
有沒有聲音發出來？
四圍太多別的響聲，
過濾過濾剩下靜；
我出來走路健身，
總不能停留不去，
靜對抗著我；
樹身一動，
只看到飛動的背影，
然後一切又靜了；
我成為唯一的動，
鳥的事置於背後，
心就安然了。

攝影：江明良

77.

一夜

把窗戶推出我就開始網羅，
風先跑進來，
然後是夜。

露在床單外的雙腳像觸角，
不時的探測
夏夜的深。

夏蟲，貓頭鷹，我，層次化了夜，
一隻冒失鳥
驚叫幾聲。

清晨的花草像剛剛醒來，
和葉尖水滴一樣，
靜待停頓後的開始。

攝影：江明良

78.

水流

拉上兜帽，世界就僅剩眼前了，
聽到呼吸，與思考一起共鳴，
腳步越走越成慣性，
一個水流形成。

種了三棵草，想不到它們會說話，
左一句右一句，複雜的心思溢于言表，
開花以後就恍然大悟了，
這是一種噴泉草。

暴雨已過去，路邊水渠還是水流不停，
看它長期靜默，這下子卻沒完沒了，
總該有個結束吧，
但水，有誰了解？

有人一開口，就像決了的堤，
過去的現在的全來，體力腦力一併雙全，
護士小姐叫名字了，
哈，這個閘門管用。

攝影：江明良

79.

黑松

四棵一排擎天而立，走近一看非常中國，
又古代又好沉思，安靜又不管有無；

應有一老頭在樹下，躺臥起坐，自宜自若，
葵扇遮胸睡著了；

或一書在手，搖頭晃腦，比畫有加，
與遠古的古人神交了；

或有老友過來，淺談闊論，感嘆唏噓，
下一盤你贏我輸的棋；

煮一壺茗茶，松香入味，詩意浮出，
對酌競詩兩不相服；

一童子叫了聲爺，玩起彈珠，滿地亂爬，
答非所問的支開了他；

知了不客氣的叫，你吵也好，不吵更好，
換回現代就沒人理你了。

攝影：江明良

80.

值得

五秒鐘，
蜂鳥瞬時的拜訪，
一年難得一次，
那蝴蝶花在烈日下的努力，
就值得了。

鹿的塑像，
放在豪宅的花圃，
耳太大頸太細，
但不經意中耳頸動了一動，
值得一個驚訝。

一種菊，
整個夏天開花，
天天看到但無從問起，
「明年應該種些百日菊。」太太說，
她老家種過。

落葉上飛，
原來是一隻小鳥，
很小的小鳥回巢去了，
看著巢裡剛孵出的小孩牠說：
值得值得值得。

攝影：江明良

81.

銜接

一場暴風雨
打斷了我的行程，
明天再來時，
我的腳步
重新銜接。

小時候的記憶，
隨著年紀而清晰，
但如何連接上去？
時間不是無情，
只是一味的捉摸不透。

野生的柿子，
脆綠又上了白粉，
可愛度和兩三年前無異，
一條時間的過去，
在我可以簡單的銜接。

那女孩傷心的離去，
沒有理由的離去，
夢確實可以銜接，
但接二連三的尋覓，
換來的只是一片迷失。

攝影：江明良

82.

小天地

一群蚊子，
飛繞在頭頂上，
在小時候的傍晚，
我就是牠們的小天地。

幾百條小鱔魚，
不知道阿城那裡抓的，
我們圍在池邊看那小狀觀，
時間卻把我們和小魚都飛走了。

腳踏車內胎，
無比珍貴的東西，
因為可以綁在竹筒上，
咚咚咚我卻沒有機會有一個。

龍眼芒果，
我到處走看，
尋找它們的芽苗，
擎天大樹終於沒長成。

清早起來發現，
後院竟是個小天地，
手上這杯咖啡就重要了，
因為它是小天地中的小天地。

攝影：江明良

83.

半杯咖啡

誘惑的美貌，
近距離的體香，
剩下的一半，
留給想象。

到了嘴邊，
我又放下，
因為我要珍惜，
難得的片刻。

半杯咖啡，
我要堅持留下，
我們沒有走完，
還有下半。

沒有開始，
就沒有結束，
我的盼望，
雙手在緊握。

溫度會退去，
香氣會揮散，
妳的最好，
我至少存留一半。

84.

鄉土路

輪胎的聲音特別大，因為這是鄉下吧？
也不知道路要帶你那裡去，只是一味的彎，
經過了馬場，經過了牛欄，
那個赤腳的我恐怕難以找到吧？

來到一個酒莊，叫什麼迷失的溪流，
迷失的應該是我才對呀？
小品精緻的房子躲在這裡，
迷失的人才會刻意的不遠千里而來。

和驢和羊對飲，一下子就分不清味道了，
只知道越喝越順暢，鄉土的氣息越濃厚，
老家越來越近呢！
再喝一口，
給真正迷了又失的人。

又一拐一彎的出來了，頭腦也是一直在轉，
搖下窗戶，動物和酒精都沒有了，
一片綠地一片藍天，
正是這樣的時刻，
鄉土路就鄉土了。

攝影：江明良

85.

花草

昨天種的三棵小花，
每枝都直挺向上，
我就知道，
根莖葉和太陽，
已經連通接上了。

種花的事今年到此，
再多就要超負荷，
花兒花孫，
雖然不會吵不會鬧，
卻會讓你睡不著。

明知不停的注視，
不能加速成長，
但是成長，
卻需要不斷的注視，
只是我們早已忘記。

沒有不好看的笑，
也沒有不美的花，
笑顏綻放，
我站起來伸個腰，
今年也是個好年。

攝影：江明良

86.

孤挺花

澆一點水，等上幾天，
芽就冒出來了，最簡單的道理，
也是最複雜的道理。

芽開始尋找陽光，複雜加倍，
因為，生命在追求，
一天一吋長。

大紅花大開，紅不是我們的色，
是太陽的，是地土的，
紅意無限渲染。

我就暫停，荒誕的想像，
如何把這一團火，由我來，
培育滋長蔓延。

攝影：江明良

87.

不睡城

雨夜雨，寒光四射，
行人匿跡，這樣的空無，
夜不能入睡。

冷雨冷，落葉服貼，
冷步踏過，無的的尋找，
我和夜不睡。

小雪人，別想偷跑，
北極在北，看我的指頭，
夜可不能睡。

聖誕樹，閃著彩燈，
重復單調，細雨紛飛中，
領頭不睡城。

攝影：江明良

88.

美好

幾十年來依然苗條，
我家的車道，
看那轉彎入內的腰身。

秋有沒有休息站？
門口那棵楓樹，
金帶紅的招搖著路標。

有什麼比細雨更美？
一片兩片多片，
輕飄飄降下來一個心情。

帳篷下放幾把椅子，
後面小山屏障，
看起來就是安全舒服。

坐在七十幾度的天氣，
頭上腳下都是葉，
再也沒有更好的美好。

攝影：江明良

89.

織

放進一個心思，
得到一個心結，
到底多少個？
自己打的，
無法解開。

愛的網羅，
豈是纖手能撥？
那一絲愛心，
只希望不要斷去，
在半途中。

時間沉澱，
生命沉澱，
就成眼前這片，
有色彩的愛，
隨時隨你觸摸。

攝影：江明良

90.

散步回來

散步回來，帶進了好多秋，
拍掉涼意，還是一味的
秋。

你知道嗎？新掉的楓葉，
一片一小天地，完美無缺的
不同。

落葉小路，一個老人，
很享受的漫步，秋天，
就應該這樣。

一對外國夫婦，興奮的談著走著，
揮手而過，獨特的話聲繚繞，
像秋。

夕陽特別秋意，因為
越向雲彩走近，
我清靜的心情也越
西去。

攝影：江明良

91.

魚釣心思

一隻鳥飛過，
畫破了夕照，
打開了寧靜，
我從沉思中驚醒，
我在孤舟獨釣。

水如歲月，
不停的流走，
我留在原處，
一枝桿在手的日子，
時光已不算數。

遠處有聲響，
我必無比的靜，
更比在林中，
讓世界隆隆的走過，
我仍無礙無誤。

且不要上勾，
一洗如空的心，
放之界外的緒，
在日落倦鳥歸巢前，
釣上一個有。

92.

貓靈

天已黑，
但時候未到，要到午夜過後，
陰風吹來，迷霧陣陣登陸，
夜的魂夜的靈踏著黑貓的腳步，
才靜悄悄的來。

一排燈，
無力的抗爭，昏黃而又無聲，
一張長椅，影子爬過了牆，
靜的等長的等一個必然的蠢動，
靜兀的臂伸出。

一隻貓，
影子樣的黑，行了行停了停，
突然消失，進入牆的黑影，
一道煙一道霧有幽靈輕然脫出，
哆哆何人來聲。

93.

人生路

美人蕉美，大花大紅大大的開，
他鄉異地，卻也不失往時美麗，
我已走過頭，它的艷麗大聲叫我，
這裡這裡，忘了從前的老相識？

歌星葛蘭，懷念她的彈她的唱，
黑白電視，偶而出現就是一喜，
又有紫羅蘭，洋妞名也不失嬌豔，
困難就是，亂混此蘭美彼蘭願。

到了最後，行路只是為了行路；
不論路的高低不平寬窄曲直；
每走過一段，好花好草美琴美瑟；
你的人生，就在踏過的每一步。

攝影：江明良

94.

暫停

時間暫停，
就在家門口的石階，
每當我坐下。

卻是每次看到我種的花草，
一意孤行的
不願暫停。

褐火雞樹冒出的無花果，
把時間具體的
像燈泡一樣吹出。

我的安靜，
被眼前的一棵雜草擾亂，
非要把它拔掉。

陽光只照到我一隻腳，
一場無言的左右口角，
終究無法避免。

攝影：江明良

95.

平常的一天

白雲說「沒事」，
就一味的走過去，
空出來的藍天，
就不曉得如何處理了。

水仙花快謝了，
不覺得有傷感，
一個過程過了，
引來更多的平凡。

葡萄長葉了，
再也不能的平常，
種下去三個禮拜，
卻是第一線的生機。

鐵線蓮中的鳥窩，
要低頭才能看到，
那母鳥在枝頭怒瞧著，
「不看了，不看了。」我說。

攝影：江明良

96.

夜笛

笛聲一吹，
就充滿了空的夜空，
我的心思就暴露無遺。

一開始還擔心，
真的有人看破，
我起伏不定的情緒。

擔心多餘，
因為聽夜的人已早睡，
或者心不在此焉。

一度懷疑，
那首柳下思舊，
不過是草漢自嘆自娛。

貓頭鷹在枝頭上，
橫跨了一步，
連叫了三聲唔唔唔。

97.

初春

一夜無眠，貪心那咖啡的結果，
但那香氣，和春天是一樣的一回事，也算是值得。

那蟲叫聲，在池塘邊漫天價響，
我在拔草，也可以感覺到聲波震動，當仔細聽時。

天還是冷，下意識抓緊了衣襟，
大步走路，那刺骨的寒氣已經不再，身體先知道。

小路無人，啄木聲在路邊迴響，
今天再來，那熱鬧聲已到別的地方，迴響也去了。

葡萄種下，家就更像一個家了，
我家歷來，都有一棵葡萄在院子裏盤根錯節著。

白雲擁擠，停在那裡一動不動，
難道它們準備完善就要開出春天，剛好被看到？

攝影：江明良

98.

香

一切的香，都在地底，
野花野草把它散發，
讓有心人收集，或再傳放。

整個山谷，隨手一揮，
就揮出了土的珍貴，
抬頭一吸，
就吸到了她。

她從何而來？
只有風知道，只有夜知道，
她是夢中之女，
香的化現。

注視著，
她的眼睛，你的愛意，
她無法躲藏，
一切都是地底的香。

攝影：江明良

99.

飛馬

白色的音符，三步一節奏，
跳動如澗水，流向詩篇。

她美麗如詩，最簡短的文字，
紋風不動，靜靜的那種。

草原的睡姿，隨溪流割劃，
蹄聲中醒來，山麓聽著心聲。

盼望一個相聚，穿越時和空，
到起初的脈動，起初嶄新的記憶。

念頭沿徒掉落，無形的奢侈，
豐足沒有擁有，心喜悅如同速度。

地無阻的延伸，晚歌拉遠風聲，
白色的歸回，叮噹一個聲尾。

100.

野花

努力的伸，努力的圓，
就成了，
小的完整，簡單的美，
安然的不起眼。

一棵野花的滿意，
風吹，就搖，
下雨，就跳，
日曬，就昂然抬頭。

攝影：江明良

101.

雙手

看到了麼？
這裡，時間就是這樣，從這裡流失。

生了一個男孩一個女孩，抱著，扶著，拖著，
居然這樣過來了，左右手各一個。

把鞋帶綁好，還有另外一隻，
這個完了還有一個，好了，走走看！

不怕，不怕，爸爸在！
惡夢中的孩子就不哭了，
大能力的一雙手啊，輕輕的拍啊拍。

握著拐杖的雙手，牢牢的握著像生命，
好像鬆了手，就放棄了自己。

生命不需要掙扎，這雙縐紋的手，
經歷了一切，己掙扎過。

乾枯的手蓋不住乾咳，開藥瓶的力也沒有了，
無力的捲起像花萎縮，又像倦旅入眠。

時間消失的好快，好快，
最後換來，一聲爹的叫聲。

102.

漫長的教堂

石階平滑凹陷——多少渴求的靈魂；
我的來到，增加了漫長。

三十年前就有的打算，直到今天；
如果時間可以等，願望也可以。

迷惑就是，不知道自己的迷惑；
直到你踏進大門，一小步就解釋了。

屋頂的高就是我的小，一束光就輕易把我罩住；
愕然想到，我離開自己的長久。

就像喝下一口清泉，下嚥如此漫長，
直到最後的昇華，衝著你來。

思考永遠漫長，回想也是漫長，
但怎樣也比不過，那稍縱即逝的念頭。

踏下台階，一陣風引起騷動，
多了許多落葉，但蓋不住路的漫長。

攝影：江明良

103.

如何夕陽

當夕陽跟上你，
要躲也躲不掉，
想回它一眼也是不可能，
只好從樹後窺視。

太陽是我小時候的好朋友，
和它躲躲藏藏卻還是第一次，
童心已沒有，
只想照一張它的全身。

都是新落的葉子，
踩起來特別響，
每一步它們都說：
這裡，這裡，那裡。

沒想到影子可以拖那麼長，
平生第一次看到，
也第一次看到，
我那麼平靜的躺在地上。

這麼多挺直的樹，
擦肩走過就忘了，
這裡一棵分了叉，
把太陽放在叉頭像明珠。

攝影：江明良

國家圖書館出版品預行編目

莫非：日良詩選. 第一集 = Could it be / 日良
(Ming-Liang Jiang)著. -- 臺北市：獵海人,
2025.01
面； 公分
ISBN 978-626-7588-08-6(平裝)

863.51　　113019630

莫非
──日良詩選第一集

作　　者／日　良
出版策劃／獵海人
製作銷售／秀威資訊科技股份有限公司
114 台北市內湖區瑞光路76巷69號2樓
電話：+886-2-2796-3638
傳真：+886-2-2796-1377
網路訂購／秀威書店：https://store.showwe.tw
博客來網路書店：https://www.books.com.tw
三民網路書店：https://www.m.sanmin.com.tw
讀冊生活：https://www.taaze.tw

出版日期／2025年1月
定　　價／300元